# Le Téléphone en Amour.

### Vaudeville en Un Acte

### de

## Damocéde.

## Personnages.

Bolineau, 50 ans, Rentier.

Gaston Maréchal, 30 ans, médecin.

Hermance Bolineau, 25 ans, femme de Bolineau.

### Décor :

Salle à manger. — Entrée principale du fond. — Portes à droite et à gauche. Appareil téléphonique, droite 1er plan ou fond droit. Le reste facultatif.

## Scène 1ère

**Bolineau et Hermance**

Bolineau, encore à table ; le repas de midi se termine.

**Bolineau**

Comme tu es nerveuse, qu'as-tu ? Encore tes migraines qui te reprennent ?... Il faut

Albert Clément, Éditeur, 12 Rue de l'Échiquier. Paris.

Tous droits d'auditions, de reproductions et d'arrangements, réservés.

A. 379. C.

en parler à notre excellent médecin, le docteur Maréchal.

**Hermance**

Mais je n'ai rien, mon ami, je crois que c'est plutôt toi qui parais agité.

**Bolineau**

Moi ? Quelle idée ! (à part.) Je ne reçois toujours pas cette dépêche que j'attends. (Un temps.)

**Hermance**

Que penses-tu faire cet après-midi ?

**Bolineau**

Je resterai ici, rien ne m'oblige à m'absenter... à moins qu'une affaire imprévue... (On sonne.) Tiens, qui ça peut être ?

**Hermance**, se levant
Je vais voir.

**Bolineau**, la retenant
Ne te dérange pas.

(Il sort fond.)

**Hermance**, seule.
Et moi qui ai promis rendez-vous à Gaston... C'est toujours comme ça !... Pour

une fois que j'ai besoin d'être libre, mon mari reste à la maison.

**Bolineau**, rentrant du fond.
C'était une dépêche ; tiens, lis-la.

**Hermance**, lisant l'adresse.
Mais c'est à toi qu'elle est adressée : Mr Bolineau.

**Bolineau**
Oh ! que ce soit toi qui la lises ou moi... Je ne dois pas avoir de secrets pour ma femme... (à part.) Le texte est combiné de façon à ne pas me compromettre.

**Hermance**, lisant
"Tout est fini, pouvons commencer."

**Bolineau**
Qu'est-ce que ça peut bien vouloir dire ?... Ah ! j'y suis... C'est la compagnie des Tourteaux de Compiègne qui m'annonce que les travaux de liquidation de l'ancienne affaire

étant terminés, on va pouvoir commencer l'exploitation de la nouvelle société... et qu'en conséquence les anciens actionnaires sont convoqués en assemblée générale aujourd'hui.

Hermance, relisant la dépêche.

"Tout est fini, pouvons commencer."... Il ne s'agit pas d'assemblée...

Bolineau

Je le sais parceque je suis prévenu ; du reste dans une dépêche on ne met que l'indispensable.

Hermance

Alors, en ta qualité d'actionnaire, il ne faut pas manquer à cette assemblée.

Bolineau

Je crois bien ; je prends le premier train.

Hermance, à part.

Ça tombe à merveille ! (haut.) Quand seras-tu de retour ?

3.

Bolineau.

Oh ! pas avant demain matin, cette réunion durera au moins 2 ou 3 heures ; le Directeur de l'usine, qui est mon ami, me gardera sans doute à dîner...

Hermance

Ensuite il sera peut-être tard pour rentrer à Paris...

Bolineau

Justement ; moi je déteste voyager la nuit, alors je coucherai à l'hôtel bien tranquillement...

Hermance

Et tu prendras le premier train demain matin.

Bolineau

Oui.

Hermance

Je vais vite te préparer ta valise...

Bolineau

C'est ça.

(Hermance sort à droite.)

Bolineau, seul, relisant sa dépêche.

"Tout est fini, pouvons com-

mencer." (parlé) C'est très in-
génieux ce que j'ai dit à Georgette de me télégraphier …
Ce texte se rapporte très bien
à mes deux affaires : La société des Tourteaux de Compiègne, et mon intrigue avec
une des cocottes les plus ex-
quises de Paris. Jusqu'ici, quoi-
que l'aimant à la folie …

Hermance, de droite

Voici ta valise…

Bolineau.

Réflexions faites… pour un
voyage aussi court je n'ai
guère besoin de m'embarras-
ser d'une valise … qu'en dis-
tu, hein?

Hermance

C'est à toi de décider, mon
ami.

Bolineau.

Oui … Eh bien, je ne prendrai
que ma serviette de cuir
noir.

Hermance

Alors je remets ta valise en
place.

Bolineau

Et apporte-moi ma serviette.

(Hermance sort droite.)

Bolineau, seul.

Où en étais-je ?… Ah! oui,
je disais que, tout en aimant Georgette à la folie,
je ne lui avais fait jusqu'ici
que des visites purement
banales … j'avais peur d'ê-
tre surpris dans un deshabi-
llé compromettant par
son principal amant, un
mexicain, très dangereux
comme tous ces types des
pays chauds qui jouent du
couteau très facilement …
Aussi ai-je dit à Georgette:
"Remercie donc ce mexicain,
je ne peux pas attendre
comme ça indéfiniment…"

Hermance, de droite

Voici ta serviette, mon ami.

Bolineau

Merci, ma chérie.

Hermance

Que te faut-il encore?

**Bolineau**

Voyons... Ah! mon pardessus...

**Hermance**

Celui d'hiver?

**Bolineau**

Naturellement, nous sommes fin Novembre...

*(Hermance sort, droite.)*

**Bolineau, seul.**

Remercier mon mexicain, me répond-elle... mais il me donne 350 francs par mois... Eh bien, je t'en donne 500. — Alors, mon p'tit, je n'hésite pas une minute, je vais lui signifier son congé par lettre et je te télégraphierai le texte convenu, aussitôt que tu pourras venir... *(relisant.)* "Tout est fini, pouvons commencer." — Je crois bien, je ne demande qu'à commencer...

**Hermance, de droite**

Voici ton pardessus, mon chéri.

**Bolineau, le posant sur une chaise.**

Merci, ma chatte... Ah!

où est mon chapeau?...

**Hermance**

Je l'ai oublié, mais je vais te le chercher.

**Bolineau**

Je te demande pardon de te faire aller et venir comme ça...

**Hermance, sortant droite.**

Mais je le fais avec plaisir.

**Bolineau, seul, regardant Hermance s'éloigner.**

Est-elle prévenante, ma femme!... Et pas jalouse le moins du monde... Il y en a qui diraient à la réception d'une dépêche : "Serait-ce une ruse de mon mari pour aller à un rendez-vous?". ou bien : "Pour m'assurer que tu ne me trompes pas, je t'accompagne." — Mais elle, putt... elle ne perd pas son temps à me soupçonner. *(se fouillant.)* Ah! voyons, ai-je bien tout ce qu'il me faut... Il me manque de l'argent;

je vais aller en prendre... Avec les cocottes c'est comme avec les propriétaires, il faut payer son terme d'avance! (un temps.) Avant de partir, j'ai bien envie de téléphoner à la C^ie des Tourteaux afin de savoir ce qui s'y passe... c'est plus prudent. Si justement pendant l'absence que je vais faire on me télégraphiait pour de bon, je serais pincé. (Il va à l'appareil.) Allô, allô, allô... (parlé.) C'est tout de même bien commode de pouvoir se causer à distance aussi facilement... Allô! allô, allô! (parlé.) Oh! elles ne sont point pressées, ces demoiselles du téléphone, elles doivent jouer aux cartes... Allô, allô, allô. (parlé.) Il faut en avoir une patience! (La sonnerie répond.) Ce n'est pas trop tôt! (à l'appareil.) Voulez-vous, mademoiselle ou madame, être assez aimable pour me donner le plus tôt qu'il vous fera plaisir... (Quittant l'appareil. parlé.) Il faut être très poli, sans ça elles vous font marcher... (à l'appareil.) la communication avec la Société des Tourteaux à Compiègne... Hein?... Mais ce n'est pas moi, Tourteau; je suis l'abonné 247.98 et je vous demande pour la seconde fois la communication avec la Société des Tourteaux à Compiègne. (épelant.) T.o.u. r.t.e.a.u.x... ça veut dire: engrais, ce qui engraisse; vous avez compris, cette fois? Ce n'est pas malheureux. Soyez assez gentille pour vous dépêcher, je suis très pressé, j'attends à l'appareil, et tâchez, si c'est possible, de ne pas faire d'erreur comme toujours... Comment? ...Vous n'en faites jamais; Ah! c'est le Bureau Central ...(Il quitte l'appareil.) Elles ne font jamais d'erreur, c'est

toujours le Bureau Central. 7.
(Quittant un peu l'appareil.) Le téléphone est tout de même une
belle invention ... C'est ma
femme qui m'a conseillé de
le faire installer chez moi,
et ma foi elle a eu là une
excellente idée ... Si on avait
les communications tout de
suite, ce serait parfait...(La
sonnerie répond.) Déjà?...Cette
fois, c'est un hasard ... (Il va
à l'appareil.) Allo, allô... C'est
bien avec la Société des Tourteaux de Compiègne que je
suis en communication?...
Parfait... Je suis Mr Bolineau, un actionnaire ... Qui
est à l'appareil ?... Un employé de bureau, bien ...Di-
tes-moi donc; est-ce que la
date de la 1ère Assemblée générale est fixée?... Pas encore;
bien ... Vous me tiendrez au
courant, n'est-ce pas ?...Mer-
ci - c'est tout ce que j'avais
à vous dire - Bonjour ..
(Il quitte l'appareil; au même moment

Hermance paraît de droite.)

### Hermance

Tiens, avec qui causais-tu?

### Bolineau

Je demandais à la Société
des Tourteaux l'heure de
l'Assemblée ; la dépêche n'en
parlait pas.

### Hermance

Et à quelle heure est-ce?

### Bolineau

A 5 heures. Je n'ai que le
temps.

### Hermance

Voici ton chapeau.

### Bolineau, se coiffant

Merci. (Il va pour sortir droite.)

### Hermance

Tu as encore besoin de quelque chose dans ta chambre?

### Bolineau, sortant droite.

Oui, mais j'y vais moi-mê-
me. J'en profiterai pour me
donner un coup de peigne
et changer de cravate.

## Scène 2e

Hermance, seule puis Bolineau
H.

**Hermance**

Vite un coup de téléphone à Gaston : "Que mon mari s'absente, qu'il peut venir de suite." Allô! Allô! Le Nº 188-69. J'attends à l'appareil. (parlé.) C'est moi qui ai décidé mon mari à avoir le téléphone... Gaston l'a aussi ; de cette façon quand nous voulons nous donner des rendez-vous séance tenante, ça simplifie beaucoup les choses. (Sonnerie électrique.) C'est avec le 188-69 que je suis en communication?... Est-ce que Mr le docteur Maréchal est à son cabinet?... Non... Mais il va rentrer à l'instant... Bien... Qui est à l'appareil?... Son domestique... Dites à Mr Maréchal, dès qu'il sera de retour, qu'il peut venir pour l'affaire en question... Bolineau s'absente... Hein?... Ça suffit... Il saura ce que ça veut dire... Et qu'il me téléphone im-

médiatement à quel moment il pense venir... Bonjour...
(Elle quitte l'appareil.)

**Bolineau, de droite.**

Tiens, tu étais à l'appareil?

**Hermance**

Oui.

**Bolineau.**

Qui est-ce qui causait?

**Hermance**

Je n'ai jamais pu arriver à le savoir... j'entends la sonnerie... j'accours... je demande qui est à l'appareil... A la fin on m'a répondu : "Ne vous dérangez pas, c'est une erreur du bureau central."

**Bolineau**

C'est le refrain. Ah! je m'en vais... (Il enfile son pardessus.)

**Hermance, l'aidant.**

Et surtout n'attrape pas froid mon chéri ; ne te découvre pas trop, n'est-ce pas? A quelle heure est le train?...

**Bolineau**

Tiens, j'ai oublié de regarder...

Hermance

Quel étourdi tu fais ?.. Tu pars en voyage et tu ne regardes même pas l'heure du train... Je vais chercher l'indicateur.

(Elle disparaît à droite.)

Bolineau, seul.

Elle a plus de tête que moi, ma femme... Elle pense à tout... (Sonnerie électrique. Il va à l'appareil.) Qui est-ce qui téléphone encore ?... Allô, allô, allô... Qu'est-ce que j'entends ?..." Je rentre à l'instant, on me dit que tu viens de me téléphoner, ma chérie ... J'accours, je suis fou de bonheur..." (parlé.) Ah ! ben, elle est drôle ; laissons-le continuer...Allô, allô, allô... Je serai bien gentil, ma chatte ..." (parlé.) Attends, attends ; je vais l'arranger, celui qui m'appelle "sa chérie." Dites donc, à qui croyez-vous donc parler ?... Je ne suis pas une femme ... Je suis M⁹ Bolineau ... Monsieur Boli-

neau ... allô... allô... (parlé.) Ah ! il n'a pas osé continuer ...A-t-on jamais vu ?... (riant.) Je rembarre ce monsieur, mais au fond, il n'est cause de rien ...c'est encore une erreur de communication ...Oh ! quelle administration !...

Hermance, de droite.

Voici l'indicateur, mon chéri.

Bolineau.

Merci. Dis donc, je ne sais pas ce qu'ils ont après mon appareil ... A l'instant, on vient encore de sonner ... j'écoute ; tu ne devinerais pas ce qu'on m'a dit : "J'accours, ma chérie ; je serai bien gentil, ma chatte .."

Hermance, effrayée, à part.

Oh ! C'était Gaston ...

Bolineau

J'ai répondu : "Dites donc, ce n'est pas à une femme que vous parlez !"

Hermance, à part.

Il croyait mon mari déjà

parti !

**Bolineau.**

Je suis M. Bolineau... Ah ! je t'assure qu'il n'a pas continué...

**Hermance, à part**

Il ne se doute de rien, heureusement !

**Bolineau**

Avec tout ça, je ne regarde pas l'heure de mon train ; 2h 15... Oh ! je n'ai que le temps... Ma chérie, je me sauve...

**Hermance**

C'est ça, ne te mets pas en retard.

**Bolineau**

Sois tranquille... Dis donc, si tu veux sortir pendant mon absence... ça te distraira...

**Hermance**

Je te remercie.

**Bolineau**

Ja donc prendre des nouvelles de Mme Devian qui vient d'avoir un bébé... ça

lui fera plaisir.

**Hermance**

Tiens, oui, je n'y pensais pas.

**Bolineau**

Mais avant de sortir, aie bien soin de fermer tout ici... ne rentre pas trop tard et surtout cette nuit calfeutre-toi bien...

**Hermance**

Sois tranquille, il ne s'introduira personne...

**Bolineau**

Tiens que je t'embrasse... (Il l'embrasse.)

**Hermance, se dégageant**

Mais assez, tu me mords les joues...

**Bolineau**

Je fais une provision jusqu'à demain, ma chérie... Tiens, que je t'embrasse encore...

**Hermance**

C'est assez, mon ami, tu serais ensuite trop énervé en chemin de fer... Mais je ne t'ai jamais vu si ardent...

Bolineau, à part.

Il faut que Georgette ait bonne opinion de moi.

Hermance

Tu ne vas pas me tromper au moins, et voir des femmes au lieu d'aller à Compiègne.

Bolineau

Oh! peux-tu penser?... Je te suis aussi fidèle que tu m'es fidèle... tu vois, c'est pas peu dire... Ah! cette fois, je pars... (se fouillant.) J'ai bien la clef de la porte d'entrée dans ma poche... oui... Au revoir, chérie, à demain.

(Il sort fond.)

## Scène 3e

Hermance, seule.

Vite, retéléphonons à Gaston... Qu'est-ce qu'il a dû dire en entendant Bolineau à l'appareil; il aura été d'autant plus surpris que je lui faisais dire deux minutes avant que mon mari s'absentait... (à l'appareil.) Allô, allô!... le V6e 188-69 S. 8.P, j'attends à l'appareil... (parlé) Ce pauvre chéri suppose sans doute que Bolineau a tout découvert, rassurons-le... Mon mari ne se figure pas tout le plaisir que m'a causé cette dépêche... Il aurait pu s'en adresser une à lui-même qu'elle ne serait pas arrivée plus à pic... Mais je suis tranquille, mon mari est trop naïf pour... (Sonnerie électrique.) Allô, allô, c'est toi, Gaston. (riant.) Qu'est-ce que tu as dû dire en entendant mon mari à l'appareil... tu as eu le trac, hein? Ah! je comprends ça... Figure-toi qu'au moment où tu me téléphonais ta réponse, je venais de sortir de la salle à manger, mon mari s'y trouvait justement, et c'est lui qui a pris le récepteur. Mais rassure-toi, il a tout simplement cru qu'il y avait une erreur de communication... Tu n'allais plus oser venir, hein? Je m'en suis doutée... Mais maintenant il n'y a plus de danger, Bolineau est bien parti. Accours vite, je t'attends avec une impatience... Comment?... Chut! Ne parle pas de ça au téléphone, tu sais bien que les demoiselles entendent tout ce qui se dit et s'en amusent entre elles... A tout de suite, chéri... Je t'embrasse par téléphone en attendant mieux

(Elle quitte l'appareil.) - (Elle s'assied) Voyons, comment allons-nous employer notre temps? ...(En coulisse. Voix de perruche.) Tu viens, Hermance... Tu viens...

Hermance

Allons, chut, Rosa; je ne peux pas m'occuper de toi en ce moment... Tu as eu ta feuille de salade tout-à-l'heure... Sois sage... (Changeant de ton.) Gaston est libre, il n'est pas marié, il peut donc se consacrer à moi jusqu'à demain matin... (se levant.) J'entends des pas... C'est lui, sans doute...

## Scène 4ᵉ
### Hermance, Maréchal.

Maréchal, passant la tête seulement à la porte du fond.

Il est bien parti, hein?

Hermance

Oui, tu peux entrer...

Maréchal, l'embrassant

Bonjour, chérie...

Hermance

Bonjour, amour. Eh bien, es-tu remis de ton émotion?

Maréchal

Oui... Oh! tu sais, quand j'ai entendu à l'appareil : "C'est moi, Mᵉ Bolineau!" j'ai commencé tout de suite par me taire, mais j'ai eu une de ces peurs...

Hermance

Oh! il a cru de lui-même

qu'il y avait simplement
erreur de communication...
Tiens, assieds-toi...

**Maréchal**
Oh! ma chérie, que je suis
heureux!

**Hermance**
Dès la fin du déjeûner, j'at-
tendais avec anxiété qu'il
se produisît une circonstan-
ce quelconque devant me
permettre de me rendre libre
cet après-midi... et rien...
Je me désolais intérieure-
ment quand tout-à-coup,
ô bonheur! mon mari a re-
çu une dépêche l'appelant
à une réunion d'actionnaires... Alors il a été obligé de
partir de suite...

**Maréchal**
Quelle chance inespérée...
Et ton mari est absent pour
longtemps?

**Hermance**
Jusqu'à demain.

**Maréchal**
Qu'il dorme en paix!

13.

**Hermance**
Il y a des moments dans la
vie, vois-tu, Gaston, où la
femme voudrait avoir deux
bouches pour dire plus abon-
damment à l'homme qu'elle
aime tout ce qu'elle éprouve
de bonheur à se retrouver
avec lui.

**Maréchal**, l'embrassant.
Comme tu saisis bien la
poësie de l'amour!... Nos rendez-vous sont tous plus char-
mants les uns que les au-
tres.

**Hermance**
Que le téléphone rend donc
de services!... Au lieu de met-
tre les domestiques dans la
confidence, ou bien d'être obligé d'aller porter soi-même
des cartes-télégrammes à la
poste pour se fixer rendez-
vous, aussitôt que le mari
s'absente, vite un coup de
téléphone, et on a en deux
minutes la demande et la
réponse.

**Maréchal**

Oui, seulement il faudra toujours prendre beaucoup de précautions...

**Hermance**

Sois tranquille.

**Maréchal**

Songe donc, il ne faudrait qu'une fausse manœuvre comme celle de tout. à. l'heure pour nous trahir tous les deux.

**Hermance**

Allons, puisqu'aucune complication grave ne s'est encore produite, ne nous tourmentons pas l'esprit et ne songeons qu'à l'amour...

**Maréchal**

Tu as raison.

**Hermance**

Tu te souviens comme nous nous sommes connus drôlement?

**Maréchal**

Oui.

**Hermance**

J'avais des migraines, toujours des migraines; Bolineau

t'a fait venir plusieurs fois, et tu as si bien soigné mes migraines que mes migraines sont parties, et toi tu m'es resté.

**Maréchal**

C'est simple comme bonjour, au fond.

**Hermance**

Et puis, comme je te sens supérieur à mon mari!..

**Maréchal**

C'est le rôle de l'amant; sans ça où serait son avantage?

**Hermance**

Mon mari est si terre à terre.

**Maréchal**

Ah! dans le mariage il y a des hauts et des bas!

**Hermance**

Oh! mon mari est loin d'être un aigle... Il ne s'élève jamais bien haut. Ah! que je t'aime!

**Maréchal**

Et moi, je t'idôlâtre. Dis donc,

d'ici une demi-heure nous sortirons ; il faut profiter largement de toute notre liberté.

**Hermance**

C'est cela ; il y a si long-temps que je ne me suis vraiment amusée !

**Maréchal**

Nous irons dîner au restaurant, en cabinet particulier...

**Hermance**, *joyeuse*

Oh ! oui ; ce sera la première fois !...

**Maréchal**

Tu te mettras en toilette claire ; tu auras l'air d'une cocotte.

**Hermance**, *froissée.*

Eh ben, dis donc !

**Maréchal**

Ne te fâche pas ; c'est très-bien porté par les femmes mariées ! Au dessert, on dira au garçon : "Vous savez, Joseph, ayez soin de ne pas entrer sans frapper."

**Hermance**, *tapant des mains.*

Oh ! oui, ce sera drôle ... Quelles sensations neuves pour moi !

**Maréchal**

C'est ce qu'il faut de temps en temps à une femme mariée... ça lui change les idées.

**Hermance**

Il n'y a pas de danger que mon mari ait jamais de ces bonnes idées-là !

**Maréchal**

On boira du champagne.

**Hermance**

Je n'en ai pas bu depuis mon souper de noces.

**Maréchal**

Tu seras un tout petit peu grise !

**Hermance**

Oh ! ben, non !...

**Maréchal.**

Mais si, mais si ; tu verras, c'est tordant... Après on ira au Café-concert.

**Hermance**

Oui ; je n'y suis jamais allée ! Nous entendrons des chansons raides.

**Maréchal**

Et aux endroits les plus ris-
qués je te donnerai des petits
coups de genou, comme ça.

**Hermance**

Voilà quelque chose que mon
mari ne ferait pas!

**Maréchal**

On verra des petites femmes
en maillot.

**Hermance**

Oh! tu ne les regarderas pas;
tu sais que je suis jalouse!

**Maréchal**

Je les regarderai d'autant
plus avidement qu'il me
semblera que c'est toi seule
que je contemple.

**Hermance**

Il y a encore de bons moments
dans l'existence d'une femme
mariée!

**Maréchal**

Il ne s'agit que de savoir
s'y prendre...

**Hermance,** se levant.

Ah! je vais fermer la porte

16.

à clef; si quelquefois on son-
nait, je n'ouvrirais pas...
(Elle ferme la porte du fond.)

**Maréchal**

C'est ça; qu'on soit bien tran-
quille.
(En coulisse, Voix de la perruche.)
Tu viens, Hermance?

**Maréchal**

Tiens, qu'est-ce qu'on entend?

**Hermance**

C'est une perruche qu'on
m'a donnée; elle ne sait dire
que ça: "Tu viens, Hermance"?
quand elle veut des feuilles
de salade... Mais ne nous
occupons pas de la perruche
... (à Gaston.) Tu viens, chéri?...
(Ils sortent gauche en se câlinant.)

## Scène 5ᵉ

**Bolineau,** seul, du fond, puis **Hermance.**

(Il entre sur la pointe des pieds après
avoir ouvert la porte avec sa clef; il
referme la porte sur lui. – Il a son pardessus sur le bras, pantalon déchiré au
genou, chapeau tout bosselé, bossué, col

déboutonné, cravate dénouée.)

## Bolineau

Tout est fermé, c'est que ma femme est sortie, je préfère ça... Oh! mes enfants, quelle aventure!... J'arrive chez Georgette, (Il s'assied) elle me dit: J'ai donné au Mexicain congé définitif par lettre, nous pouvons donc en toute sécurité commencer à nous aimer – Nous nous recueillons une petite minute dans les bras l'un de l'autre, quand tout-à-coup on sonne... La bonne va ouvrir sans se méfier... Le Mexicain fait irruption dans l'antichambre... Je me blottis à 4 pattes derrière un meuble... Il pénètre dans la chambre à coucher et crie à Georgette: "Alors, tu as cru que j'allais accepter mon congé, comme ça, sans rien dire?... Non, je t'aime trop!" Puis il se met à arpenter la chambre à grands pas lourds ... "Tu caches un homme ici,

poursuit-il. Dis-moi où il est, ou bien c'est toi que je vais tuer". Et il va pour sortir son arme de la poche de derrière de son pantalon... Georgette, prise de frayeur, dénonce ma cachette!... Le Mexicain me saisit par les deux épaules, comme un bossu qu'on voudrait redresser avec le genou, et me laboure les reins. – Je demande grâce, il me répond: Je vais te désosser, ça t'achèvera... Là-dessus, je me rebiffe, je parviens à lui échapper, je descends quatre escaliers à la fois; il se met à ma poursuite dans la rue, je cours de plus belle, j'enfile les petites rues de préférence et enfin il perd mes traces... Je reprends un peu haleine, hèle un fiacre et me voici... Eh ben, quand on m'y repincera... (Il souffre des reins.) Je dois être écorché! (Il défait son pantalon, on distingue une grosse tache rouge

à son caleçon, en la désignant il s'écrie : )
Ça y est, je saigne des reins!
Je me disais aussi : ça me
cuit!...

Hermance, de gauche,
en petit jupon, et entrant en scène de 3/4,
parlant à Gaston qui est en coulisse.
Attends-moi ; je t'assure que
j'ai entendu du bruit.

Bolineau
Oh! ma femme!

Hermance
Oh! mon mari!

Bolineau, à part.
Qu'est-ce que je vais lui raconter.

Hermance, à part.
Pourvu que Gaston n'arrive
pas! (haut.) Comment se fait-
il que tu sois là ?

Bolineau
Oh! ma pauvre chérie, ce
qui m'est arrivé est épouvan-
table. (Il se tient les côtes) Aïe!
Aïe!

Hermance
Tu as été victime d'un accident?

Bolineau
Figure-toi qu'en accourant
à la gare... (à part.) Je ne trouve rien!...

Hermance
Eh bien?...

Bolineau, à part.
Oh! si... (haut.) Au milieu de
la chaussée j'ai glissé sur
un caca de chien trop frais,
je suis tombé bêtement, et
une bicycliste lancée à toute
vapeur m'a passé sur le
corps!

Hermance
Oh! mon pauvre ami!

Bolineau
Et justement c'était une
grosse femme de 115 ans au
moins ; j'en ai en mon poids!

Voix de Maréchal, en coulisse
Tu viens, Hermance?...

(Hermance tousse pour dissimuler
la voix.)

Bolineau
Tiens, qui a donc parlé?

Hermance
C'est la perruche, selon son

habitude.

**Bolineau**

Elle a une drôle de voix aujourd'hui!

**Hermance**

C'est parce qu'elle s'est purgée avec des feuilles de salade. Mais laissons la perruche. (S'empressant autour de lui.) Voyons, où es-tu blessé?

**Bolineau**

Tiens, là, regarde; j'ai saigné.

**Hermance**

Oh! mais, tu ne peux pas rester dans cet état-là; je cours te chercher une ceinture de flanelle, ça te maintiendra toujours jusqu'à ce que tu te frictionnes... Attends-moi. (Elle va pour sortir à gauche.- à part:) Je vais en profiter pour faire filer Gaston. (Elle sort gauche.)

**Bolineau, seul.**

Elle marche, ma femme, elle marche très-bien! Heureusement!... Je ne savais pas quelle histoire lui conter... Oïe! aïe! aïe!... On ne se

figure pas ce qu'on a de peine à s'asseoir, quand on souffre dans le bas du dos! (Il s'assied vers la droite, 1er plan.)

**Hermance, une ceinture de flanelle à la main. - à part.**

Il va filer! (haut.) Tiens, mon ami, je vais t'arranger... Lève-toi, ce sera plus facile. (Elle le fait lever, le place droite au public et se tient à sa droite tout contre lui.) Mets les bras en l'air...

**Bolineau, les ayant rabaissés de suite.**

Oïe! aïe! aïe!

**Hermance**

Ça te fait mal?

**Bolineau**

Je crois bien!

**Hermance**

Alors, lève-les moins haut que je puisse seulement enrouler la ceinture autour de toi. (Bolineau lève les bras, mais moins haut.) Et surtout ne te retourne pas! Ça me gênerait... (Elle commence à lui enrouler la ceinture tout en toussant très fort.)

**Bolineau**

Pourquoi tousses-tu?...Tu as quelque chose dans la gorge?...

**Hermance**

Quelque chose qui a besoin de passer!...

(Maréchal sort de gauche à pas de loup et file par le fond, sans être vu de Bolineau.)

Hermance, lui ayant enroulé toute la ceinture.

Maintenant, tu peux te retourner... (significativement) C'est fait!!...

**Bolineau**

Je te remercie bien, ma chérie! Tu es une bonne petite femme!

**Hermance**

Je fais comme je peux! Dis donc, si tu remettais ton pantalon?

**Bolineau**

Tu as raison... (Il remet son pantalon avec des contorsions comiques et des exclamations réitérées de: Oïe! Oïe! aïe!)

**Hermance**

Souffres-tu toujours autant?

**Bolineau**

Ça n'a pas l'air de se calmer bien vite!

**Hermance**

Tu as peut-être une lésion interne?

**Bolineau**

C'est vrai! Je n'y pensais pas...

**Hermance**

Et alors ce serait grave! Et on est très long à se remettre, tu sais.

**Bolineau**

Dis donc, ce serait peut-être prudent d'appeler notre docteur.

**Hermance**

Mᵉ Gaston Maréchal?

**Bolineau**

Naturellement; nous n'avons pas plusieurs médecins.

**Hermance**

Mon ami, fais comme tu voudras.

**Bolineau**

Le docteur a le téléphone, n'est-ce pas?

**Hermance**

Tu le sais bien. (Elle va à l'appareil.) Allô, allô! (Sonnerie électrique.) Le 188-69, S. V. P. — Très pressé, j'attends à l'appareil.

**Bolineau**

Mais il n'est peut-être pas chez lui.

**Hermance**

Il viendra aussitôt son retour; il habite si près d'ici.

**Bolineau, à part, pendant qu'Hermance a le dos tourné.**

Je vais être embarrassé; le docteur verra bien que ce n'est pas une bicyclette qui m'a passé sur le corps.

(Sonnerie électrique.)

**Hermance, à l'appareil.**

Allô! Allô! Le 188-69 — Bien. Est-ce que le docteur Maréchal est à son cabinet? Il rentre en fiacre à l'instant. Ah! parfait! Voulez-vous lui dire qu'il remonte en voiture et qu'il vienne de suite chez Mᵉ Bolineau pour une consultation... Bonjour. (Elle quitte l'appareil. à Bolineau.) Tu vois, tout est pour le mieux; le docteur rentrait justement chez lui.

**Bolineau**

Merci, ma chérie.

**Hermance**

Dis donc, je te laisse quelques minutes, je vais me rhabiller, puisque maintenant je ne sortirai plus.

**Bolineau**

Oui; et puis ce ne serait pas convenable si le docteur te voyait en petit jupon...

**Hermance**

Tu as raison.

**Bolineau**

Il est vrai qu'un médecin a l'habitude de tout voir, c'est son métier... Va, ma chérie, va te rhabiller.

(Hermance sort.)

**Bolineau, seul.**

Voyons, qu'est-ce que je dirai

bien au docteur?... Oh! ma foi, tant pis, je lui avouerai tout bonnement la vérité ; Maréchal est un ami, je n'ai pas besoin de me gêner. Il ne s'amusera pas à raconter mon aventure à ma femme.

## Scène 6ᵉ

Maréchal, Bolineau, puis Hermance.

Maréchal, du fond

Bonjour, Mᵉ Bolineau.

Bolineau

Bonjour, cher docteur.

Maréchal

Eh bien, que vous est-il donc arrivé?

Bolineau

Je vais vous dire ça tout bas; il ne faut pas que ma femme entende... Asseyez-vous donc.

(Maréchal s'assied à côté de lui.)

Maréchal

Je vous écoute comme médecin et comme ami.

Bolineau

Vous êtes bien mon ami, n'est-ce pas?

Maréchal, lui serrant la main avec expansion

Je fais tout pour en être digne!

Bolineau

C'est donc autant comme ami que comme médecin que je vous prie de m'écouter!

Maréchal

Comptez d'avance sur toute ma discrétion.

Bolineau

Voici : je me suis fait adresser aujourd'hui une dépêche qui m'appelait censément à une réunion d'actionnaires.

Maréchal

Ah?

Bolineau

Je ne serais rentré que demain matin. Pendant ce temps, ma femme, qui avait pleine confiance dans ce que je lui disais, devait faire...

**Maréchal**

Comment ?

**Bolineau**

Devait faire une visite en ville pour se distraire un peu.

**Maréchal**

Je m'en rapporte à vous.

**Bolineau**

Mais au lieu d'aller à une réunion d'actionnaires, je me suis rendu chez une cocotte, et j'y ai, malheureusement été surpris par un Mexicain, son amant, qui m'a cassé les reins, comme on dit ! Et je vous assure qu'il ne m'a pas ménagé...

**Maréchal**

Ah ? Ah ?

**Bolineau**

Oh ! je m'en veux, voyez-vous, d'avoir voulu tromper ma femme, qui est si vertueuse, si aimante, si dévouée...

**Maréchal**

À qui le dites-vous ? - Voyons, où souffrez-vous ?

**Bolineau**

Tenez, dans toute cette partie.

**Maréchal**

Je ne puis guère regarder, ni vous ausculter ici, mais venez dans votre chambre, je vous examinerai à fond. (Il lui donne le bras pour l'aider à marcher. Tous deux se dirigent vers la droite.)

**Hermance**, de gauche

Eh bien, docteur, pensez-vous que mon cher mari ait quelque chose de fracturé ?

**Maréchal**

Oh ! bonjour, chère madame ! (Il lâche Bolineau qui, livré à lui-même se tient difficilement debout.)

**Hermance**

Bonjour, docteur.

**Maréchal**, serrant la main à Hermance.

Comment allez-vous depuis que je n'ai eu le plaisir de vous voir ?

**Hermance**

Pas mal, merci !

Bolineau, *à part*

Il est rudement empressé près de ma femme!

Hermance

Croyez-vous que l'accident de mon mari puisse avoir des suites fâcheuses?

Maréchal

Je n'en sais rien encore, je vais l'ausculter dans sa chambre. (*Bas à Hermance.*) Rendez-vous ici tout-à-l'heure...

Bolineau

Venez-vous, docteur?

Maréchal, *toujours bas à Hermance.*

J'ai quelque chose à te raconter...

Hermance, *même jeu*

Bien.

Maréchal, *retournant en courant à Bolineau.*

Me voici, cher ami... (*Il redonne le bras à Bolineau.*) - *saluant Hermance.*) Si je n'ai pas le plaisir de vous revoir avant de partir, madame, je vous salue bien.

Hermance

Bonjour, docteur.

Maréchal, *emmenant Bolineau.*

Allons, venez, cher estropié!

(*Bolineau et Maréchal sortent droite.*)

## Scène 7e

Hermance, *puis* Maréchal *puis* Bolineau.

Hermance, *seule.*

Oh! cette existence de Paris! On sort de chez soi bien portant sans se douter qu'on peut quelquefois rentrer blessé très grièvement. — Mais j'y pense... La Cie des Tourteaux va s'étonner de ne pas voir Bolineau à l'assemblée... Je vais téléphoner. (*Elle va à l'appareil.*) Allô, Allô! La Cie des Tourteaux à Compiègne, S. V. P. — Comment? — Oui, c'est la même communication que tout-à-l'heure... (*parlé.*) Je dirai qu'on ne compte pas sur lui, qu'il lui est survenu un accident. Ça a passé de l'idée à mon mari, sans quoi il m'aurait tout de suite dit de téléphoner... (Sonnerie électrique.) Allô, allô! ... La C^ie des Tourteaux de Compiègne... Bien... Qui est à l'appareil?- Un employé de bureau - On vous cause de la part de M^r Bolineau, de Paris, un de vos actionnaires... Il lui est arrivé un accident, il ne pourra pas se rendre à votre réunion... Hein?... Comment, quelle réunion?... Mais la réunion des actionnaires qui a lieu aujourd'hui, parbleu!... Il n'y en a pas - Mais cette dépêche... On ne lui a pas télégraphié... (se contenant) Bien, je vous remercie... Bonjour... (Allant et venant, nerveuse.) Ça, c'est trop fort!... M'avoir menti... Et moi qui ai cru tout naïvement à cette réunion d'actionnaires...Oh! le vieux monstre!...

Maréchal, de droite, à lui-même.

J'ai couché Bolineau sur son lit et je lui ai dit de ne pas remuer. (à Hermance.) Ah! dis donc, j'en ai une bonne à t'annoncer. Ton mari est allé voir une cocotte cet après-midi...

Hermance

Oui, on vient de me téléphoner de Compiègne qu'il n'y avait pas de réunion aujourd'hui et qu'on n'avait pas le moins du monde télégraphié! Oh! je suis furieuse! Je suis furieuse!

Maréchal

Calme-toi.

Hermance

Oh! ce n'est pas pour la chose, il y a pas mal de temps déjà que mon mari est presque nul à mon endroit: mais ce qui me vexe, c'est de voir que j'ai cru aussi facilement à son mensonge!...

**Maréchal**

Nous le trompons assez!
Quand il te tromperait, lui,
une fois en passant...

**Hermance**

C'est égal.

**Maréchal**

Tu as ton amour-propre,
je comprends! Mais conso-
le-toi, tu es déjà vengée.

**Hermance**

Comment ça?

**Maréchal**

Il n'a pas été victime d'un
accident; c'est une tournée
qu'il a reçue.

**Hermance**

Oh!... Oh! raconte-moi ça!

**Maréchal**

Il a été surpris chez la cocotte par un Mexicain qui
lui a cassé les reins!

**Hermance**

Il m'a dit qu'une bicycliste
lui avait passé dessus?

**Maréchal**

Il t'a menti, mais à moi
il m'a dit la vérité.

**Hermance**

C'est sa punition... Eh bien,
tu diras ce que tu voudras,
maintenant je suis contente!

**Maréchal**

Moi pas! J'aurais préféré
que ton mari n'eût rien reçu du tout...

**Hermance**

Pourquoi?

**Maréchal**

Parce qu'il ne nous aurait
pas dérangés si tôt.

**Hermance**

C'est vrai! Mais nous nous
rattraperons une autre fois.

**Maréchal**

Oh! ma chérie!... Comme
je t'aime!...

(Ils s'embrassent longuement.)

**Bolineau, de droite, à
lui-même.**

Le docteur m'a oublié sur
mon lit!... (Les apercevant haut:)
Hein! Il embrasse ma fem-
me! Dites donc, Docteur,
ce n'est pas pour embras-
ser ma femme que je vous

ai fait venir... (Il veut faire un mouvement trop brusque, les douleurs le reprennent.) Aïe ! aïe !

**Hermance,** à Bolineau.
Je suis en train de me venger, monsieur !

**Bolineau**
Comment ?

**Hermance**
Oui. Je viens de téléphoner à Compiègne que, par suite d'un accident vous ne pourriez assister à la réunion...

**Bolineau,** à part
Je suis pincé !

**Hermance**
Et on m'a répondu qu'il n'y avait pas de réunion... Alors, qui a envoyé cette dépêche ?... Répondez, mais répondez donc ! (Elle le bouscule.)

**Bolineau**
Aïe ! aïe ! aïe !... mes reins !... J'avoue tout : c'est une cocotte ; mais je t'assure que je ne t'ai pas trompée.

**Hermance**
Ce n'est pas l'envie qui t'a

manqué !

**Bolineau**
Oh ! ne m'accable pas, ma chérie ; je n'ai déjà pas eu tant de chance... Si je te disais ce que j'ai reçu !

**Hermance**
Je le sais... Oh ! c'est bien fait... ça t'apprendra...

**Bolineau**
Mais, toi, je viens de te surprendre en train de te faire embrasser...

**Hermance**
C'était pour rire...

**Bolineau**
Vraiment, tu ne me trompes pas ?

**Hermance**
Je ne t'ai pas plus trompé que tu ne m'as trompé...

**Bolineau**
Alors, je suis tranquille.

**Maréchal,** bas à Hermance.
Mais ce n'est pas non plus l'envie qui nous a manqué.

**Bolineau**
Avec tout ça, docteur, vous

ne m'avez pas fait d'ordon-
nance...

### Maréchal

Oh! votre état n'a rien de
grave... grâce à quelques
frictions vos douleurs vont
se passer assez vite, seulement il faudra rester au lit
deux jours ...

### Bolineau

C'est absolument indispensable ?

### Maréchal

Oh! oui ... (bas à Hermance.) Nous
nous verrons pendant ce
temps-là .

### Bolineau

Tenez, docteur, pour vous
remercier de votre bonne
consultation, vous dinerez
ce soir avec nous, on plutôt
avec ma femme, car moi je
n'aurai guère d'appétit...

### Maréchal

J'accepte avec plaisir!

Bolineau, à Hermance.

Et maintenant, tu me par-
donnes complètement ?

Hermance, qui se trouve
au milieu.

La femme pardonne toujours!

Bolineau, lui embras-
sant la main gauche.

Merci, ma chérie ...

(Maréchal, pendant ce temps,
lui embrasse la main droite, ou se
tenant un peu en arrière, de façon à
ne pas être vu de Bolineau.)

———

## Couplet.

### Bolineau, Maréchal, Hermance.

Air : A la fin tout s'explique.

L'beau côté du mariage,
C'est d'pouvoir se tromper,
Mais on a l'avantage
Aussi d'se pardonner!

} Bis.